LA CHAMBRE

PARIS. — IMP. SIMON RAÇON ET COMP., RUE D'ERFURTH, 1.

LA CHAMBRE

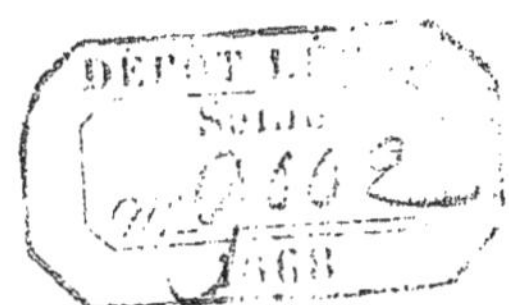

Extrait du CORRESPONDANT

PARIS

CHARLES DOUNIOL, LIBRAIRE-ÉDITEUR

29, RUE DE TOURNON, 29

1868

IMPERIAL
TIMBRE
SEINE

LA CHAMBRE

La Chambre actuelle, dont les jours semblaient déjà comptés, aura bientôt cessé d'être : bientôt elle descendra dans les ombres du passé, où l'ont précédée tant d'assemblées qui se sont succédé depuis trois quarts de siècle, les unes laissant le souvenir de leurs bienfaits, comme la grande Constituante, d'autres maudites pour leur violence, d'autres enfin, les dernières disparues, couvertes déjà par l'indifférence et l'oubli. Il ne nous appartient pas de la juger. Mais il sera permis peut-être de réunir quelques-uns des traits qui la caractérisent, de rechercher les éléments qui la composent, et si cette analyse doit contribuer à rendre l'opinion plus indulgente ou plus équitable, on pourra ne pas regretter une tâche où se rencontre cette double difficulté, la crainte d'en dire trop ou trop peu, et d'être accusé à la fois de complaisance et de sévérité.

L'assemblée actuelle, la troisième qui soit née sous le second Empire, a, sur les deux qui l'ont précédée, une supériorité incontestable. Cette supériorité tient à deux causes : 1° le réveil de l'opinion, les grands événements qui, depuis la guerre du Mexique et la transformation de l'Allemagne, agitent le monde et menacent pour longtemps son repos ; 2° l'importance et le mérite des hommes éminents qui, en y venant renouer leur vie politique, lui prêtent une partie de leur illustration.

Dans le tremblement de la vie humaine, dans la marche rapide du temps inexorable, conserverons-nous ces grands témoins du passé, ces clairvoyants prophètes de l'avenir ? Entendrons-nous encore ces voix qui trouvent leur écho dans toutes les âmes libres et qui étendent leurs vibrations au delà des frontières ? Hélas ! ces voix qui ranimaient les courages en donnant l'espoir de jours meilleurs, elles sont importunes à cette démocratie autoritaire qui récemment, dans l'élection de M. Dufaure, a montré, aux applaudissements de l'administration, son intolérance et sa jalousie. Hâtons-nous donc, quand il en est temps encore, d'en recueillir les derniers éclats.

Le souvenir de la Chambre de 1852 est déjà à peu près effacé. Le lendemain de la grande secousse du 2 décembre, le pays voulait le repos, et, par une réaction naturelle, il se détournait des discussions pour ne demander que le silence. Les hommes politiques, découragés de la lutte, rentraient dans la vie privée. L'entraînement du succès, la satisfaction du plus grand nombre échappant à un péril longtemps redouté, les aurait, au surplus, laissés isolés. Sauf quelques protestations, partout le candidat désigné fut le candidat élu. Beaucoup de noms nouveaux, inconnus, sortirent des urnes; on prit le bois flottant autour des préfectures, et on improvisa des législateurs surpris eux-mêmes de leur transformation. L'enthousiasme des uns, la reconnaissance des autres, la docilité du plus grand nombre, tout concourut à l'unanimité. Cependant on comptait encore dans cette Chambre quarante députés ayant appartenu aux assemblées antérieures, qui avaient été séduits par un contrôle sérieux laissé en matière de finances, et par la gratuité du mandat, car on n'avait pas encore noyé le Corps législatif dans la profusion générale des traitements[1]. D'ailleurs, pendant trois ans, la Chambre eut devant elle ce grand spectacle de la guerre de Crimée qui rendait facile son adhésion, car cette guerre élevait bien haut notre drapeau et devait aboutir à ce glorieux et désintéressé traité de Paris, par lequel la France déchirait ceux de 1815 sans demander la moindre compensation territoriale. Il ne nous coûte pas d'en convenir, ce fut une époque pleine de grandeur, malheureusement passagère, où l'on vit tous les souverains de l'Europe apporter, en quelque sorte, dans Paris l'hommage volontaire de leur vassalité.

Que pouvait-on demander à une assemblée née dans les conditions que nous venons de rappeler et dominée par de tels événements? La soumission devait être sa loi, et l'empressement avec lequel elle livra le plus éminent de ses membres, M. de Montalembert, aux poursuites du procureur général et aux rancunes de M. Dupin, montre à quelles limites elle l'étendait. Et si on rappelait dans quelles regrettables circonstances cet acte s'accomplit! Il s'agissait de savoir si M. de Montalembert avait publié et distribué une réponse à M. Dupin, où était développée cette belle maxime, que « le pouvoir de tout faire n'en donne pas le droit. » La majorité des bu-

---

[1] Quand des réformes furent faites sur ces deux points, quelques-uns d'entre eux donnèrent leur démission, notamment MM. de Mortemart, de Mérode et de Kerdrel.

reaux s'était prononcée contre la demande et avait nommé cinq commissaires dans ce sens. Le changement imprévu d'opinion de l'un des commissaires, M. Langlais[1], l'appel véhément fait par M. Baroche au dévouement dynastique de l'assemblée, prévalurent sur les excellents discours de MM. Lemercier, de Flavigny, de Chasseloup, sur les résistances du rapporteur, M. Perret, et, ce qui est plus triste, sur les déclarations loyales de l'éminent accusé. 184 députés, contre 51[2], lui firent, en le livrant, l'injure de ne pas accepter sa parole.

La Chambre de 1857 eut des ressemblances intimes avec celle dont nous venons de parler. Il n'en pouvait être autrement, puisque 228 des membres de la première assemblée avaient été réélus. Sur 272 députés, cette Chambre ne comptait que 44 noms nouveaux. Elle fut aussi docile, mais elle le parut davantage, parce que, malgré la gravité des épreuves qu'elle dut subir et la variété des circonstances, elle n'exprima jamais d'autre vote que l'approbation. Il ne lui coûta pas d'affirmer son dévouement et son obéissance en matière politique; elle en donna une preuve trop regrettable, lorsqu'elle écarta si facilement toutes les objections que soulevait la loi sur la sûreté publique; elle se serait contentée, comme la précédente, de ses étroites attributions. Mais elle devait avoir à discuter ce qui touche plus les hommes que les opinions, les intérêts et les questions religieuses. La majorité, née dans les idées de la prohibition et des tarifs, devait être appelée à une conversion subite, et ses sentiments religieux, incontestablement catholiques, devaient rencontrer dans le gouvernement une résistance qu'elle n'osa pas combattre. Le silence n'était plus possible : la grandeur des questions, le réveil de l'opinion, l'entrée à la Chambre de plusieurs orateurs éminents de la démocratie, tout forçait à confesser publiquement, ou bien qu'on resterait fidèle à ses anciennes opinions, au risque de déplaire au gouvernement, ou que le besoin de conserver son appui contraindrait à des capitulations. C'est dans ce dernier courant que se précipita une majorité presque toujours invariable. Ainsi l'on vit le traité de commerce avec l'Angleterre, à la fois si inattendu et si radical, approuvé par ceux qui pouvaient le plus en redouter les effets. Ainsi l'on rétablit les impôts indirects qu'on avait récemment réduits, et l'on supprima les obligations trentenaires presque au lendemain du jour où on les avait uti-

---

[1] M. Langlais est le même qui est mort depuis conseiller d'État, en mission au Mexique.

[2] Sur ces 51 députés, 11 seulement le sont encore. Ce sont : MM. le duc d'Albuféra, Ancel, le prince de Beauveau, du Mirail, Etcheverry, le marquis de Grammont, le comte Hallez-Claparède, le comte de Lagrange, le général Lebreton, le baron Lespérut, le marquis de Talhouet.

lement créées. Ainsi la même majorité laissa commencer et se poursuivre l'expédition du Mexique, et pendant trois ans, loin qu'elle
avertit des dangers de l'entreprise, elle ne semblait pas les pressentir. Elle ne fut éclairée ni par l'abandon des alliés, ni par l'envoi de
renforts considérables, ni par les programmes et les provocations des
chefs militaires de l'expédition. Elle votait, par acclamations, les crédits qu'on lui demandait, et quand l'opposition faisait entendre le cri
d'alarme, elle l'accusait de manquer de patriotisme, et lui reprochait d'hésiter lorsque l'honneur du drapeau était engagé. Cependant
une seule fois, sur une question secondaire, et comme un caillou
heurté d'où jaillit une étincelle, cette Chambre fit entendre son premier murmure. C'était le jour où on lui présenta la loi sur la dotation
du comte de Palikao. La Chambre crut qu'on blessait ce sentiment si
français qui n'admet pas que l'argent puisse être le prix des grands
services, et que, lorsque le pouvoir n'avait pas épuisé les faveurs qui
sont dans ses mains, elle n'avait pas à intervenir, alors surtout que
la libéralité pouvait entraîner la restauration des majorats. On sait
quel fut le sort de cette loi, dont la commission proposait le rejet
unanime. On se souvient de cette lettre fameuse par laquelle, adressant ses reproches au pays tout entier, l'empereur disait : « Il n'y a
qu'un peuple dégénéré qui marchande les récompenses nationales. »
On sait aussi, et ce doit être un remords pour la Chambre actuelle,
comment, lors de la dernière vérification des pouvoirs, le courageux
rapporteur, M. de Jouvenel, fut sacrifié. Si fondée que fût sa protestation, personne ne se leva pour la soutenir.

En 1863 eurent lieu les élections d'où est sortie la Chambre actuelle.
Pour la première fois on vit surgir de tous les côtés, surtout dans les
villes, des rivalités ardentes. L'opposition réunit deux millions de voix,
et quarante députés furent nommés malgré les efforts de l'administration étonnée que, pour la première fois, ses désignations ne fussent
pas suivies. D'un côté, des hommes considérables, modérés, qui
avaient donné jusqu'alors à l'Empire un concours sincère, tels que
M. de Flavigny, M. Lemercier, M. Keller, furent combattus opiniâtrement, quoiqu'ils ne fussent coupables que de scrupules religieux
dont le gouvernement lui-même vient de faire reconnaître, par un
vote, la légitimité ; d'un autre côté, on continua à imposer à des populations qui les ignoraient des candidats qui ne pouvaient devoir
leur élection qu'à l'appui exclusif des agents du pouvoir, et qui, par
conséquent, n'apportant aucune force personnelle, devaient une soumission sans réserve. Sur 283 députés, 202 furent réélus. Ces chiffres, comme ceux que nous avons signalés lors du renouvellement de
la Chambre en 1857, sont pleins d'enseignements, et il est bon de les
méditer. Dans aucune des élections générales antérieures Ils n'ont de

précédent. L'air du dehors, le mouvement des idées nouvelles avaient toujours pénétré dans les assemblées électives dans une proportion bien autrement considérable. La longue continuité du mandat explique l'immobilité du vote, l'uniforme habitude est l'usage, le changement semble un péril, l'acquiescement devient la règle. Ce sont les conséquences de l'intervention toute-puissante du gouvernement dans les élections. Nous ne voulons pas traiter ici la grosse question des candidatures officielles ; mais, même en admettant que, dans cette agitation du suffrage universel qui soulève neuf millions d'électeurs, le gouvernement ne reste pas inactif et désintéressé, il faut convenir que son action doit avoir des limites, et que ces limites furent singulièrement dépassées. Que les préfets, que certains agents administratifs agissent activement, nous le concédons; mais que cette propagande qui divise les populations, qui excite des haines et parfois des vengeances soit exercée et par des juges de paix et par des instituteurs, c'est ce que nous ne saurions admettre. Si l'enfant vient à douter de l'impartialité de celui qui l'instruit, si le citoyen découvre que son juge excite les passions politiques ou même qu'il les partage, la conscience est troublée, la confiance est détruite, et l'on perd cette foi si nécessaire dans le droit et dans la justice. On a signalé dans cette double intervention les abus les plus regrettables. On a lu à la tribune des circulaires dont le sens était : Comme vous voterez, on vous jugera. Les menaces sont restées impunies, et, chose remarquable, après tant d'élections, quand tant de fonctionnaires ont pu se laisser entraîner par des excès de zèle ou par l'ignorance de la loi, à des abus inévitables, il n'y a pas d'exemple qu'un seul ait été poursuivi.

Cette Chambre de 1863 devait être en présence de bien grandes exigences de la part du pouvoir ; elle avait à subir des faits accomplis, il lui fallut continuer l'approbation persévérante donnée à cette expédition du Mexique dont on lui laissait le legs onéreux, à cette restauration des races latines, qui, en éveillant les ombrageuses susceptibilités de l'Amérique, pouvait nous précipiter dans une guerre formidable. Il lui fallut subir les odieux abus de la force dont, en 1866, la Prusse a donné le scandaleux exemple. On lui demanda bien plus encore; elle dut applaudir à la circulaire de M. de Lavalette, qui, par un paradoxe impossible, établissait que les événements qui détruisaient la Confédération allemande nous étaient profitables. Et tout cela se produisait au milieu des déclarations les plus contradictoires, d'inexactitudes accumulées, telles que la dépêche de M. Nigra, déployée tout à coup par M. le ministre d'État devant la Chambre surprise; telles encore, que l'affirmation du même ministre qu'on ignorait les traités passés entre la Prusse, Bade, le Wurtenberg et la

Bavière. Pouvait-on dire qu'on ignorât également la mission du prince Napoléon envoyé en Italie pour précipiter l'alliance avec la Prusse, alors qu'elle était signée depuis le 8 avril ? Mais ces moyens excessifs sauvaient du danger le plus pressant, et c'est par de tels artifices qu'on obtenait des votes de confiance, tels que celui qui, dans la séance de 12 juin 1866, à la majorité de 202 contre 54, enlevait la parole à M. Thiers.

Dans les affaires intérieures, on demanda à cette même Chambre de s'associer aux expériences périlleuses que M. Ollivier tentait au sujet des associations ouvrières, et elle votait, en la regrettant, la loi des coalitions. De plus, elle devait souffrir qu'on lui enlevât la discussion de l'adresse. Enfin, après avoir rejeté l'amendement des quarante-cinq, que le ministre d'État lui représentait à la fois comme dangereux et comme inopportun, elle acceptait, cette année même, 1868, des réformes plus considérables, et suivait encore aussi docilement l'orateur-commandant qui, après avoir ordonné l'attaque, prescrivait une manœuvre toute contraire.

La loi de la presse, la loi sur les réunions, sont des preuves trop sensibles de cette regrettable soumission. Elle est grande, en effet, et l'opposition en fait tous les jours un argument tout au moins spécieux, et qui affaiblit la considération de cette Chambre, qu'on jugerait peut-être moins sévèrement en l'étudiant davantage.

Son excuse est dans l'exagération de ses craintes : elle a peur des spectres. Le spectre des anciens partis, le spectre rouge surtout, trouble ses esprits, quand il est évoqué du fond des abîmes révolutionnaires par cette voix puissante du ministre d'État, avec cette chaleur factice, cette puissance d'assimilation qui est chez lui une force soudaine, et ces ressources infinies d'un esprit qui, sans être élevé, est merveilleux par son abondance et son universalité. Alors les hésitations cessent, les objections que s'étaient faites à eux-mêmes les chefs de la majorité disparaissent, la raison d'État couvre tout, et ils se résignent encore à ajourner, jusqu'aux améliorations qu'ils proposaient eux-mêmes. Pourquoi ? C'est que le talent n'a pas suffi, et que toute la vérité n'a pas été dite.

On comprend alors que cette majorité, qui, presque tout entière, n'est venue aux affaires qu'en 1852, se laisse abuser quand on lui raconte inexactement les choses du passé. Ainsi, quand pour excuser cet accroissement excessif de la dette publique, on s'en prend aux anciens gouvernements, on n'est pas équitable. La Restauration, à ce point de vue financier, a été le plus honnête et le plus économe des gouvernements. La figure de M. de Villèle grandit chaque jour, et on ne peut lui contester ce mérite merveilleux d'avoir laissé le livre de la dette publique moins lourd qu'il n'avait été trouvé dans les désas-

tres de l'invasion [1]. Il n'est pas exact non plus d'adresser des reproches de prodigalité au gouvernement de Juillet, car il n'a imposé à l'État qu'une dette de 12 millions de rente en dix-huit ans, précisément le chiffre moyen des emprunts que l'Empire contracte chaque année, puisque, depuis 1852, ces emprunts s'élèvent déjà à 3 milliards. Que si les accusations s'étendent de la situation financière à la politique, on ne peut pas dire avec plus de raison que ce gouvernement a été impuissant et stérile, ayant toujours été dominé par l'émeute qui a présidé à sa naissance, comme elle a marqué sa fin. Et quand les ministres actuels qui ont servi ce gouvernement, MM. Magne et Vuitry, entendent de telles paroles, au fond de leur conscience ils savent qu'on altère la vérité. Qu'on ouvre le Bulletin des lois, en effet, et, en ne regardant que les huit premières années de ces temps difficiles, on verra de combien de lois bienfaisantes et fécondes le pays a été doté, après les discussions les plus libres et les plus savantes. Il suffit de citer les lois sur l'organisation municipale (1831), sur l'organisation de l'armée (1832), sur l'instruction primaire (1833), sur les caisses d'épargne (1835), sur les chemins vicinaux (1836), sur les conseils généraux (1837), lois qui ont été en partie mutilées et altérées, mais qui sont encore la base de notre régime administratif. Enfin, on a tort de reprocher sans cesse au gouvernement provisoire l'expédient nécessaire des 45 centimes : cet impôt nous a sauvés de la banqueroute. M. Goudchaux, à cette époque, et récemment M. Garnier-Pagès ont justifié la mesure : tous deux ont eu raison d'en réclamer la responsabilité. Malheureusement, l'impression n'est qu'en partie détruite. L'impopularité de cet impôt se confond avec celle des 25 francs des représentants, et l'on oublie que chacun des membres de la Chambre actuelle, qui n'est que le quatrième pouvoir, est payé quatre fois plus.

Combien il est regrettable qu'un passé si récent soit altéré à ce point que de bons esprits, certainement de bonne foi, puissent être ainsi abusés; car la majorité compte parmi ses membres des hommes d'un rare mérite, honnêtes, instruits, et dont la parole aurait sa valeur dans toute autre assemblée. Il suffit de citer parmi ces noms M. Louvet, qui a fait, lors de la discussion du budget, un

[1] Les contributions de guerre imposées à la France en 1815 furent : 1° les créances antérieures à 1814, que le duc de Richelieu fit réduire à grand' peine à 240,800,000 francs ; 2° 700,000.000 stipulés par le traité ; 3° 800.000,000 que coûtèrent par moitié au pays et les cinq premiers mois de l'invasion et la solde et l'entretien du corps d'occupation. La totalité des sacrifices fut de près de 2 milliards. (Vaulabelle, t. IV, p. 34.) — Plus tard vinrent le milliard des émigrés, la guerre d'Espagne. Avec un budget de 1 milliard, inférieur de plus de moitié aux budgets actuels, tout fut amorti.

discours si remarquable; M. Segris, qui a tant des qualités de l'orateur, moins celle que recommandait Danton; M. Larrabure, qui s'est
particulièrement signalé par son rapport sur les crédits supplémen-
taires; M. Pouyer-Quertier qui, dans les questions commerciales,
porte les ardeurs éloquentes d'un Gracque : sa voix est pleine d'éclat,
comme sa tête est pleine d'idées, tout abonde, tout est séve dans
cette généreuse nature où dominent surtout la franchise et la loyauté;
M. Alfred Leroux, plusieurs fois rapporteur du budget, doublement
populaire par son esprit conciliant et par son mérite. Si l'élection
était possible, ses collègues lui donneraient dans la Chambre la
situation qu'il doit à un décret.

Cette honnête élite est trop loyale pour confesser qu'on n'a fait
aucune faute; mais elle redouterait d'en faire l'aveu public, et de
peur d'affaiblir l'autorité morale du gouvernement, et parce qu'elle
craindrait de n'être pas suivie dans le blâme le plus fondé par beaucoup des deux cents membres avec lesquels elle confond ses votes.
Son intervention bienfaisante est souvent ignorée du public. Par des
démarches officieuses, par le travail des commissions, elle a souvent
obtenu des concessions, mais le mystère même de son intervention
l'a privée de la récompense de la publicité. Son hésitation se comprend, car lorsqu'elle a voulu insister publiquement dans les débats
et dans les votes, il est arrivé trop souvent qu'elle a été abandonnée
par ses soldats, et cette petite armée, semblable à celle de Condé, au
jour du scrutin ne se comptait plus que par ses officiers. Il n'en peut
guère être autrement quand on considère l'origine et les conditions
dans lesquelles se forment la plupart des candidatures de la majorité.
Cette majorité se décompose, en effet, en plusieurs groupes, sur
lesquels le gouvernement exerce une domination véritablement
absolue.

Ce sont d'abord les hommes d'affaires, si nombreux, qui, exagé-
rant les besoins de la sécurité, ne peuvent admettre aucune aven-
ture. Une réforme, un changement, même pour le bien, sont redou-
tés par eux comme une secousse qui peut faire courir un danger à
leurs spéculations. Ils affichent un merveilleux dédain pour ces
Chambres, qu'ils qualifient « d'assemblées de bavards. » Par une
contradiction singulière, ils s'efforcent d'y pénétrer chaque jour
davantage; est-ce pour opposer la dignité de leur silence aux discou-
reurs qu'ils méprisent? Ou bien faut-il croire, avec les esprits cha-
grins, qu'ils regardent comme profitable de se rapprocher des sources
des informations et du crédit? Mêlés à ces affaires immenses dont
les sociétés de crédit ont décuplé l'étendue, et qui, par une déro-
gation aux anciens usages, se concèdent directement bien plus
qu'elles ne s'adjugent, leur probité et leur indépendance politique

ne sont-elles pas exposées bien souvent à des tentations périlleuses, alors que leurs intérêts se trouvent en rivalité avec les intérêts généraux du pays? Et s'il se rencontre que quelques-uns, ayant patronné des entreprises dont le dénoûment a été fâcheux, aient eu des démêlés avec la justice, pense-t-on que cette notoriété regrettable soit couverte par l'honorabilité des fonctions législatives, et que le vote de l'électeur puisse effacer la sentence du juge?

Viennent ensuite les fonctionnaires *sui generis*, attachés à la personne du souverain, et qui, quels que puissent être leur valeur et leur désir d'indépendance, sont dans cette situation délicate d'être toujours en présomption de complaisance ou de trahison, accusés de trop de docilité s'ils approuvent, et de félonie s'ils condamnent. De bonne foi, quand, en 1852, on a décrété l'incompatibilité de la députation avec toute espèce de fonctions, afin de garantir l'absolue indépendance des votes, n'est-il pas contradictoire d'avoir permis l'année suivante, lorsque se fut créée la maison impériale, un cumul qui ne donne même pas la compensation de lumières et de connaissances spéciales? Est-ce une justification suffisante de distinguer les personnes attachées au Château des fonctionnaires, par cette seule différence qu'elles sont payées indirectement par la liste civile, au lieu de l'être directement par le Trésor?

M. Billault a dit avec raison : « Le député ne peut dépendre du pouvoir qu'il est appelé à contrôler, à contredire au besoin » (12 avril 1847). M. de Morny, dans un article de la *Revue des Deux Mondes*, à la veille de la révolution de Février, discutant la situation du *député qui n'est pas que député*, et pendant sa candidature et après l'élection, montrait combien elle excitait les défiances de l'opinion et créait d'embarras au gouvernement lui-même.

Si vous placez le droit de l'électeur au-dessus des doutes les plus légitimes, ne vous contentez pas de tordre, brisez le cercle des incompatibilités de toutes sortes ; que le juge, l'officier, l'ingénieur puissent, en entrant à la Chambre, y apporter le tribut de leur expérience. Ils portent du moins avec eux la protection des règles fixées pour l'avancement dans chaque carrière, et ceux qui tiennent à l'armée et à la magistrature donnent en outre la garantie de l'inamovibilité. Non, en dehors des questions de personnes toutes honorables dont quelques-unes ont, dans leur département, une influence qui ne tient pas à leurs fonctions, il y a ici une question de principes qui porte avec elle une objection invincible; et si cette objection a survécu à toutes les discussions sous le gouvernement représentatif, à plus forte raison est-elle insurmontable avec une constitution qui donne au souverain la responsabilité sans la définir, et le pouvoir sans le limiter.

Cette question a été plusieurs fois discutée dans le sein du Sé-

nat, où elle avait été portée par des pétitions, elle y a rencontré
les doutes les plus sérieux. En 1860, notamment à la séance du
25 mai, M. Barrot, rapporteur d'une pétition de M. Lebeschu, s'ex-
primait en ces termes : « Le décret du 2 février 1852 (article 29) a
voulu certainement que le député fonctionnaire ne put jamais se
trouver placé entre sa conscience qui dicte son vote et son intérêt
personnel qui peut l'en détourner, en un mot, entre son désir de
faire loyalement son devoir et son désir de plaire et d'avancer. Le
député investi d'une fonction à la cour, engagé dans les liens d'un
dévouement plus intime, échappera-t-il entièrement, aux yeux de ses
concitoyens, aux équivoques, aux embarras de la double position
qu'a eue en vue le législateur de 1852, et s'il arrivait que, dans une
assemblée politique, le nombre des députés placés dans cette condi-
tion s'élevât plus qu'il ne faudrait, ne faudrait-il pas appréhender
qu'il en résultât quelque atteinte à l'autorité de ses délibérations
même les plus utiles et les plus patriotiques... S'il nous a paru in-
dispensable d'exposer les considérations qui précèdent, nous avons
cru toutefois qu'il était convenable d'en renfermer l'expression dans
le sein du Sénat, ayant d'ailleurs la ferme espérance qu'elles attein-
dront le but qu'il nous était permis d'entrevoir. »

Quels que soient les adoucissements de la forme, l'opinion de M. le
grand référendaire se confond avec celles de MM. Billault et de Morny
et leur donne une autorité nouvelle. Ce sont trois amis de l'empire qui
assurément ne sauraient être suspects qui lui donnent le même conseil.

Un groupe plus apparent vient s'ajouter aux précédents : celui des
stratégistes et des manœuvriers, hommes d'action, silencieux pendant toutes les discussions, et qui se complaisent à organiser les
nominations des bureaux, les scrutins, et à transmettre, de bancs en
bancs, le mot d'ordre. Leur zèle a toutes les formes. A l'imitation
des tambours de Santerre, disciplinés au signal, ils couvrent du
bruit de leurs couteaux à papier la voix qui les importune, parce
qu'elle fait retentir la vérité. Il ne leur répugne en aucune façon
d'être confondus avec des fonctionnaires. Un certain nombre l'ont
été, et continuent leur allure. Attentifs à suivre les audiences et les
réceptions des ministres, ils ne négligent aucun commis influent;
ils aspirent à des promotions dans la Légion d'honneur et prennent
une part considérable à cette profusion de croix que signalait
récemment un article du *Correspondant*. Il suffit de dire que le
Corps législatif a reçu 390 croix depuis son origine; sur ce nombre
116 ont été données à la législature actuelle[1]. Franchement, ce

---

[1] Un certain nombre de députés ont été promus à trois grades successifs, sans
que les règles fixées par le décret organique du 16 mars 1852 aient été observées,

contrôle sévère que le gouvernement, avec une allure d'austérité
singulière, appelle à si haute voix, cette surveillance qu'il exige de
la Chambre, peut-on l'attendre de députés qui, comme candidats,
ont été confessés d'abord par les préfets, agréés en première instance
par le chef du cabinet, définitivement admis par le ministre, et qui,
menant chaque jour une vie de solliciteur, poursuivent, de législature en législature, le rêve du Sénat?

Mais ces extrêmes ne sont que des exceptions. Si l'on fait la part
des spectres, si on concède que tout ce que doit nous apporter l'a-
venir est plein de périls, et qu'on ne saurait élever contre eux de
trop hautes barrières, il reste une majorité qui a des mérites incon-
testables. Que l'on compare cette assemblée avec ses devancières,
même en remontant dans le siècle, on en rencontrera peu qui aient
plus de probité privée, et qui soient plus animées du désir de bien
faire. Composée, en grande partie, d'hommes de loisirs, ayant, pour
la plupart, une fortune considérable, la Chambre actuelle est indulgente à la jeunesse; elle aide et encourage ses débuts, et elle ab-
dique, dans ses relations privées, cet esprit intolérant et exclusif
qui la domine dans la politique. Ce qui apparaît surtout en elle,
c'est la bienveillance de l'accueil et l'urbanité du commerce. Mais
cette courtoisie même a de fâcheuses conséquences politiques. Nous
n'en voulons donner d'autre preuve que ce qui se produit en matière
de vérification de pouvoirs. Après avoir vécu plusieurs semaines
avec des collègues dans des relations familières, au jour du jugement, c'est un effort excessif que de déclarer publiquement que le
mandat d'un collègue, qui peut être un ami, est entaché d'irrégula-
rité ou de fraude. Oui, il faut un courage bien éprouvé pour signer
dans les colonnes du *Moniteur* un arrêt qui doit attirer sur votre nom
les ressentiments et les haines. On ne saurait d'ailleurs, pour justifier cette épreuve insurmontable à certaines natures, invoquer ni
aucun argument sérieux, ni aucun texte de loi. Le règlement n'im-
pose le scrutin public que pour les lois, il se tait pour les autres
votes. En fait, toutes les questions de personnes se résolvent par le
vote secret. Il n'y a que l'usage pour justifier cette manière de pro-
céder, et il ne remonte qu'à 1852. Autrefois, toutes les assemblées
ont pratiqué à la fois et le vote secret et le vote public, et puisque
la Chambre actuelle a du moins conservé, avec ses devancières, le
pouvoir absolu en matière de vérification, comment lui contester
qu'elle puisse être maîtresse de la forme, quand elle est maîtresse
du fond, maîtresse à ce point que l'admission ou l'annulation la plus

notamment la disposition de l'article 13, qui fixe le minimum de temps à passer
dans chaque grade avant d'être promu au grade supérieur.

injuste ne pourrait être réformée par aucun pouvoir? On peut affirmer que si ce mode de vote avait été pratiqué lors de la vérification
des pouvoirs en 1863, quelques-uns des membres qui siégent aujourd'hui auraient été renvoyés devant leurs électeurs.

La majorité a été émue par la lettre du 19 janvier 1867, mais on
a pu voir quels avaient été les progrès de son éducation politique depuis les premières réformes du 24 novembre 1860. Alors dominait
l'inquiétude d'une initiative jugée trop libérale. Aujourd'hui, ce sentiment ne s'est pas effacé, tant s'en faut ; mais l'élite de la majorité
s'est grossie, et elle s'est associée bien plus sincèrement à des me-
sures qui, malheureusement, ont été restreintes dans leur applica-
tion. Parmi les hommes nouveaux qui sont venus apporter leur
concours bienfaisant à cette majorité, nous pourrions citer notamment le laborieux rapporteur de la loi sur l'armée, M. Gressier, qui
a révélé un talent que sa modestie n'avait pas jusqu'ici laissé décou-
vrir tout entier. La majorité est donc, en partie, méconnue. Son
unité n'est pas absolument indivisible. Dans les listes de vote, com-
mençant et finissant invariablement par les mêmes noms, l'unifor-
mité de vue n'est qu'apparente, et l'on rencontre des variétés et des
inégalités infinies et dans les opinions et dans la valeur des hommes.

A l'heure du vote, quand cette cohorte a rempli, en se levant, le
vaste croissant de l'hémicycle, l'opposition, appelée par le président, se lève à son tour, et son petit nombre apparaît d'autant plus
qu'une partie de ses membres est éparpillée à travers les bancs de la
majorité.

C'est une petite armée, mais quelle n'est pas sa valeur. *Non
multi, sed multum.* Elle forme à peine le sixième de la Chambre, et
se décompose en variétés infinies. Mais cette variété ne démontre-
t-elle pas la préférence qu'on y accorde à la liberté individuelle sur
la discipline? C'est une petite armée où l'on voit confondus les vété-
rans et les enrôlés volontaires, mais c'est vers elle que se tournent
les regards. Loin qu'elle soit compacte et fixe, elle est variable et
mobile suivant les circonstances et les doutes de ceux qui la composent. Si la discussion soulève des scrupules religieux, si elle peut
blesser le sentiment de la famille et l'autorité paternelle, si, même,
elle aboutit à une transformation trop radicale de l'impôt, elle se divise et se réduit en quelque sorte à son minimum. Dans des jours
plus heureux, elle se grossit ; elle voit venir à elle tous les dissidents
de la majorité qu'elle a pu séduire et convaincre. Derrière ceux-ci,
de plus timides, n'osant, dans leur hésitation, aller jusqu'au vote
public, imitent un ancien ministre qui parfois confondit ses discours
avec ceux de l'opposition, et ils effacent leur vote par l'abstention.
C'est là ce qui explique comment l'opinion suit plus attentivement la

minorité . c'est elle qui, par ses objections, ses discours, la mobi-
lité de ses votes, crée la surprise et l'imprévu. Les jours de grande
lutte oratoire, quand la foule se précipite vers le palais Bourbon,
quelles sont les figures que recherche l'étranger penché sur les tri-
bunes ? Quels noms prononce-t-il, objets de son ardente curiosité ?
Berryer, Thiers, J. Favre, triumvirat involontaire, hommes éminents
partis de trois points différents, ayant suivi fidèlement des routes
diverses, et réunis, à la fin de leur carrière, dans le même amour de
la liberté, esprits merveilleux à qui on peut appliquer la devise du
grand roi : *Vires acquirit eundo*, et qui virent leur éloquence cou-
ronnée des mêmes palmes académiques.

M. Berryer, ce glorieux athlète, vainqueur du temps, qui échauffe
son génie au souffle de Bossuet! Il saisit à la fois et par l'élévation
de son esprit, et par la vibration magnétique de sa force personnelle.
Comme s'il se défiait du trop grand pouvoir de son imagination si
colorée, il semble avoir renoncé aux sujets où elle séduirait trop
facilement. Lui, le défenseur du malheur et de l'exil, lui qui plaida
si bien des causes chevaleresques, il semble leur préférer aujour-
d'hui les arides questions d'affaires, et, depuis son grand succès
pour l'indemnité des vingt-cinq millions d'Amérique jusqu'à ses récents discours sur les profusions de la ville de Paris et de la dette
mexicaine, nous l'avons vu donner aux chiffres une puissance qui a
forcé ses adversaires à avouer leur défaite. Cette voix puissante qui
retentit dans le monde depuis bientôt soixante ans, elle consola l'in-
fortuné maréchal Ney, elle dit le dernier adieu à l'héroïsme déses-
péré de la Vendée, et, aujourd'hui encore, elle encourage ceux qui,
malgré tant de défaites dans leur marche vers la liberté, ne déses-
pèrent pas de l'avenir. Pourquoi faut-il que cette parole soit si rare-
ment entendue ? Pourquoi ne nous donner pas plus souvent, avec la
joie de l'applaudir, la preuve, pour lui facile, que lorsque l'éloquence se forme des plus beaux élans de l'âme, elle participe de son
immortalité.

M. Thiers ! Que de souvenirs ce nom réveille! Que de titres à l'ad-
miration ! Esprit puissant, varié, universel — quel est le secret de
sa force? C'est que, sur chaque sujet, remontant aux sources, il
veut toujours, par le travail, avoir la preuve de ce que son merveilleux instinct lui avait fait pressentir.

N'est-il pas avant tout et surtout un écrivain et un orateur
national? Nul plus que lui n'aime son pays; aussi bien, il est peu
d'hommes qui l'aient plus honoré. Son amour lui donne l'ardeur, le
zèle, la clairvoyance. Personne, en effet, n'a mieux ni plus souvent
prédit. Il a prédit l'Empire, et l'Empire s'est fait ; il a prédit les dangers de l'expédition du Mexique, et, jusqu'au dernier jour, il sup-

pliait l'archiduc Maximilien de ne pas s'embarquer. Il a prédit que l'unité italienne enfanterait l'unité allemande, et cette double unité grandit chaque jour sous nos yeux, nous imposant cette alternative redoutable : une lutte désespérée ou une humiliante soumission. Mais, Cassandre inutile, il n'a pu prévenir les malheurs publics, et les tristesses du bon citoyen troublent la sérénité de sa glorieuse vieillesse.

Vous, ses ardents ennemis, avides à rechercher dans une longue carrière quelques apparentes contradictions sans même avoir l'excuse de la haine, vous qui nous montrez avec quelle cynique habileté un courtisan, pour plaire, marche sur son passé, vos calomnies ne tromperont par l'opinion. Elle donne à M. Thiers sa confiance et son concours en échange de ses sages conseils. Effrayé à la fois par vos fautes et par les nouveautés démocratiques, redoutant l'avenir, le pays éclairé se tourne vers celui qui, élevant le bon sens jusqu'au génie, mesure si bien la double part qu'il faut faire au pouvoir et à la liberté. Le pays sait que les dernières concessions politiques ont été faites, et que, pour assurer le succès du 2 décembre, on a déchiré la loi du 31 mai dont M. Thiers fut un des bienfaisants auteurs, et que la première émeute triomphante réclamera l'abolition des octrois, la progression de l'impôt et des réformes socialistes. Non, l'honnête majorité du pays ne s'y méprend pas, et c'est parce qu'elle voit dans M. Thiers l'adversaire décidé et convaincu de ce programme qu'elle lui porte ses sympathies reconnaissantes. Je suis assuré que M. Thiers, à son tour, est plus touché de cet hommage rendu à sa saine et courageuse raison que des applaudissements qu'entraîne toujours sa parole.

Qui ne se souvient de tant de jours de triomphe où la force de son argumentation ramena les plus égarés, depuis sa polémique courageuse avec Proudhon sur la question de la propriété, jusqu'à ses plus récents discours. A une grande puissance de déduction, il unit, dans la forme, tout ce qui peut exalter le culte du beau. Nos petits enfants chercheront un jour, dans tels de ses discours, des modèles d'éloquence, et quand ils voudront ressusciter l'Italie du moyen âge, c'est dans le tableau que M. Thiers a tracé de Florence et de Venise, qu'ils en retrouveront les incomparables couleurs.

Cette élévation dans le style, inconnue des Chambres de la Restauration, nul ne l'a portée si haut que M. J. Favre, et, pour laisser au jugement toute sa liberté, qu'on relise, en dehors des discours politiques, quelques-unes de ses improvisations, notamment son discours sur la propriété littéraire, que couronne cette belle péroraison :

« Pour moi, quand je me retourne vers ce passé, quand j'évoque tous
« les bienfaiteurs de l'humanité, tous les grands génies qui l'ont
« honorée et éclairée, quand je découvre ces chœurs immortels qui
« viennent jusqu'à nous pour déposer des couronnes sur les fronts
« que nous connaissons et que nous admirons, ah! je reconnais dans
« ces sublimes élans l'âme humaine tout entière, avec tout ce qui
« la compose, avec ses grandeurs, avec ses faiblesses, avec
« tout ce qu'elle a souffert, avec tout ce qu'elle a aimé ; je m'y
« instruis, je m'y éclaire ; mais ce que je ne voudrais pas souffrir,
« c'est que ce droit immortel fût enfermé dans les mesquines pro-
« portions de la propriété industrielle. Non, messieurs, il faut le
« rendre à la société tout entière, en sorte qu'il puisse lui-même
« déployer ses ailes dans le champ de l'infini qui est son véritable
« domaine. »

Est-il rien de plus pur et de plus achevé? Est-il une parole plus
harmonieuse? Elle a le nombre, l'accent, la prosodie. Elle sait
donner à notre langue sourde la vibration musicale qui a déjà séduit
l'oreille avant d'arriver à la pensée. Quelle ne doit pas être la pure
jouissance d'un tel orateur quand il voit l'assemblée suspendue à sa
voix, contrainte de subir son charme magique, et que lui-même,
inspiré par les ardeurs qui le transportent, est surpris par les mer-
veilles de sa propre création!

Et à côté de ces glorieux chefs devant Troie, dans la génération
plus jeune qui les suit, combien de mérites dans un petit nombre!
Voyez cette chevelure abondante, cette figure si railleuse, si pari-
sienne, de M. Picard. Voilà bien l'improvisateur qui est saisi lui-
même par la soudaineté de ses répliques! Actif, toujours prêt à la
lutte, il supplée à tout, même à la préparation qui paraîtrait nécessaire dans les questions spéciales. Il est toujours sur la brèche, et
personne, plus que lui, n'occupe les sténographes du *Moniteur*, dont
la sérieuse attention est souvent détournée par la vivacité de ses in-
terruptions toujours spirituelles. Ses mots sont abondants et toujours bien à lui ; aussi est-il le centre d'un groupe d'amis avides à
les recueillir.

En dehors de tous les groupes, se montre une autre figure brunie
par le soleil du Midi. C'est M. Ollivier, qui réunit en lui deux qualités
d'orateur qui s'excluent trop souvent, l'enlacement d'une logique
rigoureuse et les ornements d'un style plein d'images. Mais il a souvent surpris ses amis et ses ennemis par la précipitation de ses
départs et de ses retours. Il est plein d'élan, il est confiant, et reproche
à bon droit aux pessimistes d'être impuissants. Ses admirateurs, et
ils sont nombreux, seraient peut-être plus démonstratifs s'ils ne
craignaient que leurs applaudissements ne fussent parfois décou-

certés par l'imprévu. Cependant, il cherche sincèrement la vérité, et, quoi qu'on ait pu dire, il ne désertera pas la cause libérale, et n'acceptera le pouvoir qu'avec le triomphe de ses idées ; mais c'est un athlète qui ne peut guère combattre qu'isolé, et il lui sera difficile de créer et de discipliner un parti.

M. Pelletan apparaît à quelques-uns comme une Némésis vengeresse. Il est vrai que sa parole ardente a parfois les traits d'une satire de Juvénal, et qu'il applique une date historique comme une marque brûlante. Mais l'aspect austère du tribun ne cache qu'imparfaitement l'homme excellent, qui, dans d'honnêtes livres, s'est toujours montré le défenseur de la famille et de la morale.

Près de lui se trouvent deux amis tendrement unis, M. Magnin, qui, dans une seule législature, est devenu un financier consommé, et a eu le talent de faire écouter par la majorité l'énumération de ses calculs, malgré les accusations qu'ils renfermaient, et M. Bethmont, dont l'œil bleu reflète la douceur de sa bienveillante nature, et qui, héritier de l'esprit de son père, le répand à pleines mains, comme un enfant prodigue.

M. J. Simon, l'infatigable avocat des classes ouvrières, ardent et sincère philanthrope, créateur des bibliothèques populaires, poursuit partout son active propagande, par ses discours, par ses voyages, par ses livres dont le moindre mérite est la perfection de la forme littéraire. M. Simon vit solitaire au milieu de ses collègues. La gravité des sujets qu'il discute, la mélancolie de sa nature, donnent parfois à son talent un caractère de tristesse, mais ce talent qui s'épanouit chaque jour ne laisserait aucune prise à la critique, si le sourire et l'intonation n'étaient souvent en désaccord avec la pensée.

Que d'autres noms ne devrait-on pas signaler : M. Martel qui, dans toutes les discussions, donne toujours la preuve de sa bienveillante aménité et de ses convictions ; le laborieux M. Laujuinais qui porte un des noms les plus considérables de la Révolution, nom qui fut honoré le même jour par 73 élections[1]. Il donne à l'opposition le profitable concours de sa longue expérience parlementaire, et il oppose à ses adversaires, particulièrement dans ce qui touche l'Algérie, toute l'énergie de sa ténacité bretonne.

Je vois encore d'humbles soldats qui apportent à la cause commune le tribut d'un zèle désintéressé. On ne saurait les taxer d'ambition, car ils sont sans crédit. Mais ils portent dans leur conscience l'inappréciable satisfaction de voter librement. Ils n'ont d'engagements ni envers le pouvoir, ni envers les partis. Attentifs aux discussions, ils en reçoivent tout entier le choc, et jamais, avant de déposer leur

---

[1] En 1795, lors des élections pour l'Assemblée législative.

bulletin dans l'urne, leur siége n'est fait. On ne compte pas parmi
eux seulement les députés qui sont arrivés malgré les efforts de l'administration. Quelques-uns ont été candidats officiels, soit parce que,
entrés dans la vie politique avant l'Empire, ils avaient donné la
preuve de leur influence personnelle, soit parce qu'ils avaient conquis,
depuis, dans leur département, une popularité qui interdisait toute
rivalité, et que le gouvernement n'eût pas osé combattre. Tels sont,
parmi les députés ayant dans la Chambre une situation considérable
et dont nous aurions pu parler dès les premières pages de cet essai,
M. de Talhouët, dont l'honorabilité est telle qu'il a pu, par ses affir-
mations de rapporteur, faire passer la loi impopulaire du Victor-Em-
manuel qui fait racheter si onéreusement par l'État les torts d'une
compagnie industrielle. Tel est encore M. Brame, dont la voix courageuse, redoutée de certains hommes d'affaires, s'unit heureusement
à celle de M. Pouyer-Quertier. Son allure est brave, décidée, avec une
préférence pour l'offensive, et cependant il est peu de députés qui
comptent à la Chambre plus d'amis. M. Lambrecht, dont la parole
facile et familière porte avec elle la note souple d'un homme du
monde, et qui joint aux démonstrations exactes de l'ancien élève de
l'École polytechnique les traits d'une ironie toujours charmante, car
elle est aussi courtoise que spirituelle.

Les votes de ces loyaux députés se confondent presque toujours
avec ceux de M. Buffet, l'habile défenseur de l'amendement réfor-
miste des quarante-cinq, et avec ceux de M. d'Andelarre, qui, sur
tant de questions, a montré la variété de ses mérites, et qui, par
ses recherches financières, est si utile tous les jours aux commissions du budget, dont cependant l'intolérance de la majorité lui a
fermé jusqu'ici l'accès.

Au-dessus du niveau du regard, au-dessus de la tribune, s'élève
une estrade trop théâtrale, et sur cette estrade apparaît la figure
considérable du président, M. Schneider. Dans cette enceinte, où la
mort a frappé tant de coups, elle a emporté déjà ses trois prédéces-
seurs, MM. Billault, de Morny, Walewski. C'étaient des hommes
d'État qui étaient surtout les délégués du gouvernement : chez eux la
qualité de député était secondaire. M. Schneider, au contraire, a été
choisi parce qu'il était un des hommes les plus importants de la
majorité. A défaut d'élection, les conditions nouvelles dans lesquelles
il est arrivé à la présidence lui donnent, relativement, une autorité
morale qui rachète l'inégalité dans la situation politique.

Cette autorité s'exerce avec une vigilante courtoisie. Cependant
quelques-uns la jugent parfois trop active. Au dire de ceux-ci, la
crainte des orages, en lui faisant confondre la vivacité avec la violence, rend quelquefois sa sévérité trop prompte. Mais la tâche est si

difficile, et les assemblées, en France surtout, sont si soudainement
surprises et entraînées ! L'ardeur la plus sincère mène à l'intolérance,
et l'intolérance emporte à des condamnations trop rapides. Pour
nous, nous sommes convaincus qu'il s'efforce de maintenir en ba-
lance ces deux plateaux qui, depuis la fable, sont le symbole de la
justice. Mais qui pourra empêcher les défiants de craindre que, au
milieu du tumulte, on ne préfère le sacrifice d'un interrupteur parfois
trop militant, tel que M. Glais-Bizoin, au très-puissant et très-infail-
lible ministre d'État, en qui se personnifie le gouvernement tout
entier.

Ce dont, au surplus, les fâcheux eux-mêmes conviennent, c'est
que la forme dans laquelle intervient le président est toujours spirituelle, et que sa prompte répartie est vraiment française. Ceux qui
lisent le *Moniteur* sont frappés des progrès qu'il fait chaque jour ; il
est vrai que les sténographes, dans leur exactitude, omettent rare-
ment de rappeler par des parenthèses les marques d'approbation qui
ont accueilli ses paroles.

M. Schneider, arrivé à une grande fortune par sa rare intelligence,
en fait l'usage le plus libéral. Il a tous les luxes ; il protége les arts
comme un vrai Médicis. L'âge n'a pas ralenti son allure, le succès ne
lui a pas donné l'ivresse, et, pour qui le connut avant ses prospé-
rités, rien n'est changé dans cette bonhomie familière si bien unie
à la finesse.

Tels sont quelques-uns des traits rapides qui caractérisent cette
Chambre qui va bientôt disparaître, et dont les plus grands noms,
peut-être, ne se reliront plus. On le voit, elle renferme en elle des
éléments précieux dont les mérites divers sont, hélas ! trop chère-
ment rachetés par une extrême condescendance politique. Faut-il
donc reconnaître que, par une malheureuse compensation, le génie
de la France en qui s'épanouissent avec tant d'éclat et de prodigalité
toutes les vertus militaires, se trouve, même dans une assemblée
d'honnêtes gens ayant le désir de bien faire, insuffisamment doté du
courage civil ? Oublie-t-on si vite les leçons de l'histoire ? Elle nous
enseigne cependant que les assemblées faibles et défaillantes ont souvent été plus funestes par le mal qu'elles ont laissé faire, que celles
qui, dans leur libre mouvement, n'ont cédé qu'à leurs propres passions.

PARIS. — IMP. SIMON RAÇON ET COMP., RUE D'ERFURTH, 1.